겨울나무가 시에게

겨울나무가 시에게

김현기 시집

111

문학수첩
시인선

문학수첩

네 번째 시집을 낸다
첫 시집을 낼 때와 같이 부끄럽고 조심스럽지만
다음 시집을 내기 위해 다시
새로운 방황을 시작하겠다.

2018년 1월
함박눈 내리던 날에

김현기

1부

2부

3부

4부

1부

다짐

봄, 어떤 말보다
강하고 힘차다
화들짝 가슴 열고
온몸을 뒤튼다
개구리울음 무논에 떠들썩할 때
별들이 뛰어내려 온몸으로 반짝이네
우리도 저렇게 반짝이는 것일까
세상 밖으로 떠도는 꿈
계절이 안겨 주는 축복의 감동으로
다친 마음 치유하면서
나 또한 별과 같이 반짝이리.

목련

가지 끝에 둥둥 떠다니는
목련꽃 주위를
한나절 맴돌았건만
그대 같은 봄은 내게 없구나
가슴속 얼었던 수맥이
활짝 풀리지 않는다
그대는 꽃으로 봄을 알리는데
나는 무엇으로 봄을 알리나

바람이 마음을 밀어 올린다.

냉이

흙을 밀고 올라와
홀로 새 삶을 더듬는가
생기 가득한 모습
뭇사람들이 해마다 잊지 않고
너를 찾아 나서는 것은
세월의 흐름 속에서도 변치 않는
은은한 향내가 가슴속
꽃으로 피어나기 때문이리라
사람도 이렇게 변함없는 향으로
살아야 하는 것을
꽃바람 두 볼 물들이는 이 아침
사는 법을 다시금 일깨워 주는
너는 멋진 봄날지기.

봄바람

돌아오지 않겠다, 한사코 외면해도
손 내민 잔가지 끝에
머무는 그리움
스쳐 가는 기억 마디마디에
아물지 못한 마음의 상처는
어서 새순이 돋아나기를 빈다
나를 흔들어 깨우며
먼 산으로 부는 바람은
내 혼의 나들이여라.

텃밭에 앉아

황토에 스며드는 햇볕 따라
마음도 함께 스며들고 있다
넓지 않은 공간이지만
풀과 바람과 햇살이
시가 되고 산문이 되는 사이
텃밭은 마음에 잇닿은
푸른 산책로.

그리움이란

낮이나 밤이나
천년바위 가슴에 바짝 달라붙어
떨어질 줄 모르는 이끼.

마음은 마실 중

봄바람

호미로 텃밭을 맨다

지구를 돌아온 햇살은

부드러운 손으로

흙을 어루만지며

텃밭을 산책하는 중

나는 문득 호미를 놓고

두 손으로 햇살을 움켜쥐지만

그는 산책을 끝낼 줄 모르네

늘 어디론가 떠나고 싶은 마음

그를 따라

내 마음 마실 중이다.

유년으로 유년으로

늘 같은 자리에
변함없이 있을 것만 같았던 존재
어느 날 홀연히 자취를 감추었다
몇 십 년 만에 찾아온 제비인가
화인처럼 기억에 선명하게 남아 있는
유연한 비행

너와집 처마 끝 둥지에 낳은
다섯 마리 새끼에게
연신 모이를 날라다 먹이는 어미 제비
자식 버리는 사람들 견주어 보게 하네

언젠가 높이 비상할 꿈
갑자기 호기심 발동한 것일까
어린 새끼들 다투어 날갯짓하는

작은 둥지 안 가득한 행복

빙판 같은 세상
동심을 불러일으킨 정경이
유년으로 유년으로 나를 데리고 가네.

푸른 아침에

– 영은에게

새벽안개 걷히는 시각

카톡 카톡

해맑은 웃음 가득한 동영상

백일 막 지난 손녀와 눈 맞추면

둘 사이에 펼쳐지는 바다

나는 바다 물결에

하루를 풀어놓고

긴 답장을 쓴다.

단비

석 달 가뭄 끝에 내리는 빗방울
방울방울 머금은 풀잎들
어깨춤 덩실 추고 있네

물방울 구슬 주렁주렁 단 거미줄
귀족인 양 눈이 부시다
바람 소리에 사랑 이야기 전하는
고운 새들은 어디에 숨어 지저귈까

키 크고 잎 큰 나무들 생기 얻어
바람을 길게 흔들고
목마른 가슴까지 적시는 단비에
하루가 앞장서 걷는다.

영준이

결 고운 바람이 부는 밤
너 있는 하늘 멀기만 하구나
우리 서로 보고 싶을 때
보름달 쳐다보며 추억하자 약속했지
둥근달 속에 찍어 놓은
그리움의 발자국
어제보다 조금 더 커져 있네

한가위 보름달은
오래오래 참았다가 쏟아져 내려온
그리움의 빛을
거실 창가에 가득 내려놓았다
샘물처럼 맑고 깨끗한 너의 모습이
도라지 꽃빛 밤하늘에
곱게 물들어 가는 이 시간

아무리 말해도 싫지 않은

한 마디 말

나는 너를 사랑해.

유채꽃

성산포 유채꽃 두고 가면서
나 많이 흔들렸네, 또 한 이별
환히 웃으려 해도 마음일 뿐
소망은 한낱 바람이었다

산지사방에 꽃향기 풀어놓고
나의 사랑으로 스민 너
짐짓 가슴을
때리는 파도가 되었다.

5월은

옷깃 여기저기

가슴 여기저기

뒤집는 바람

성깔 사나운 마음 쓰다듬는

풀 한 포기

청청한 나무들이 정겹다

나의 5월은 흘러갔어도

향긋한 풀밭에 엎드리니

가슴에 아직

골짜기에서 뛰어내리는 물소리가 난다.

카페의 독백

실내가 환히 드러나는 유리창이

마음 끌어당겨

불쑥 들어선 청담동 카페

맨 구석 오른편 자리

예약이라도 해놓은 듯 성큼 가서 앉았다

잔설 희끗희끗한 창밖엔

봄기운 역력히 느껴지는데

마음에 쌓인 낙엽이

문득문득 몸을 뒤집는다

혼자 마시는 블랙커피에

머무는 침묵

누군가와 함께

낙엽을 뒤집으면

가슴속 노폐물 씻겨나지 않을까

또 하루가 머뭇대며

땅거미 지는 시간

마감하기엔 너무 일러

한없이 유리창만 바라보고 있다.

거금대교를 바라보며

섬과 섬이
서로 다리가 되어 주고
남몰래 다녀간다

사람과 사람 사이도
서로 사랑으로 감싸 안으면
나누지 못할 삶 어디 있겠는가

화사한 5월
비단옷 입은 신부인 양
물결 푸른 바다와 어우러진 다리는
변치 않는 사랑의 증표.

인산리* 아침

현관문 열고 나서면

새벽 산 공기

푸짐한 선물인 양 쏟아진다

발치에 달라붙어 재롱떠는 발발이

덥석 안고

키 큰 나무들의 인사를 받는다

천지에 가득한 아침 햇살

오염되지 않은 순수한 빛

머릿속이 박 속처럼 환해지며

한 줄기 영롱한 울림으로 다가와

하루의 시작을 상기시킨다.

* 인산리: 강화군 양도면에 위치

해금

첫닭 울음소리 들으며
문득
뒤돌아볼 용기가 생기는 나이

개구리 멀리 뛰려면
잔뜩 움츠렸다 뛰듯이
삶의 앙금들
말끔히 멀리 토해 내야 한다

묻혀버린 세월이
뽀얗게 시간을 뒤집어쓴 채 혼절하고
가슴속 모래밭 언덕에
아침 해 막 싱싱히 떠오른다.

겨울나무가 시에게

고독은 뼛속 깊이 감추고
다시 잎 틔우기 위해
나 긴긴 시련을 견디는 구도자 되리.

2부

어머니

살아갈수록

장엄한 뿌리

지상에서

가장 그리운 가슴.

행복한 기다림
– 큰 손자 정민이

촉촉이 젖어 있는 맑고 큰 눈망울이

초록 연잎을 닮았다 할까

조각같이 수려한 얼굴

눈에 담고 또 담아도

자꾸만 시선이 끌리는 멋진 녀석

늘 아침을 깨우는 설렘이다

오늘은 또 어떤 일들로

나를 설레게 하려나

너로 인해 힘에 부치는 것들

위로받고 치유하니

가슴 깊은 울림

끝이 안 보이는 장강長江이구나

이 깊은 밤

혼자 깨어 기도하며

너의 고운 마음을 담는다.

재회

– 오클랜드 공항에서

2016년 11월
따뜻하고 다감한 막내딸과
마주 잡은 손길은
불빛에 반짝이는 크리스탈인 양
속에 꽉 찬 감정들을
전해주는 달콤한 통증
온몸에 불꽃으로 번져 가는
딸과 나의 긴 포옹은
세상에서 가장 아름다운
사랑의 정점.

덕담이 아쉬운

카톡 카톡
한마디 말도 나눌 틈 없이
밀려드는 문자들
다채로움이 영 싫지 않으나
냉랭한 일상
목소리에 담은 덕담 한마디가
아쉬운 한가위

카톡으로 받는 인사는
메마른 가랑잎
친정 동생의
전화기로 들려오는 따뜻한 목소리
세상에 이보다 좋은 약이 어디 있으랴.

남동생을 생각하며

긴 병석에 누워 있는 남동생
핸드폰 갤러리에서
한 장 한 장 꺼내 보는 소중한 사람들
다시 돌아가고 싶은
솟구치는 추억이 마냥 그립구나
카톡 메인 글에는
"기억이 사랑보다 더 슬프다"
한 줄의 문장이
남동생 카톡을 열 때마다
그의 아픈 고독으로 달린다

가을밤 공기보다 찬 냉수를
사발로 마셔 보지만
허허롭기만 한 마음
"부디 삶의 용기와 희망 잃지 말라"

문자 메시지를 보낸다

이 세상
육신은 죽어서 헤어져도
영원히 헤어지지 않는 것이 핏줄이다.

부모님 산소

밤꽃 향 흥건히 흐르는 문호리 공원묘지
바람을 잡고 차례로 일어나는 풀처럼
눈앞에 펼쳐지는 추억이 새로워
눈시울 뜨겁다
옛일을 뉘우치고 한탄해도
과거는 여울
부모님 생전의 말씀과 모습
이제 자식들에게 나누어 주리.

젊은 날

되찾고 싶은 시간들
뒤돌아보며
숨 고르는 이 길목
마른버짐 같은
건조한 웃음만 가슴 가득하다
아득한 꿈으로
흘러간 너의 모습
영원히 지울 수 없는 나의 문신.

불나방 춤

공원 산책길 가로등 불빛에
온몸 흔들어 춤추는 나방들

오늘 밤 저 춤사위는
누구에게 주는 선물일까

더 이상 움츠러들지 말고
신명나게 살라는 메시지 아닐는지

가다가 뒤돌아보고
가다가 뒤돌아본다.

눈물

기쁨도 절망도 네 앞에서는 한 가지 빛깔

한 가지 꽃

떨어져 다시 태어나는 너

세상에서 가장 순수하고 아름다운 혼이어라.

꿈꾸는 새
− 국화저수지에서

새털구름 사이
팽팽한 공기 가르며
비상하는 한 마리 새 보네

노을도 사위어
한 줌 볕이 아쉬운 봄날

나는 공기처럼
가볍고 투명한 새가 되어
멀리 더 높이 날고 싶어라.

잡초를 뽑으며

텃밭에서 잡초를 뽑는다
한옆에 수북이 쌓이는
뿌리 뽑힌 잡초들
이것들도 다 생명인데 생각하니
너무 미안하고 호미 든 손목에
숨넘어가는 소리가 매달린다
아침 이슬 머금은 푸성귀들은
한창 초록에 취해 싱싱하지만
꽃 한번 피우지 못한 채
질긴 생명의 뒷자리만 남기고 떠나는 잡초들
동전 한 면만 살다 가는가.

채송화

나. 언제나
나서지 않고 조그맣게
엎드려 살리라
바람에 칭얼대는 마음을
꼭 붙잡는다.

풍년을 기다리는

장마비 그친 산허리
하얗게 풀려나온 물안개는
신들의 정원인가
시심詩心의 시간을 마련해 주고
어느새 논엔 벼가 껑충 자랐다
비 멎은 뒤 논두렁을 이리저리 살펴보는
밀짚모자 농부
어린 자식 보살피듯 진중하다
바람과 손을 마주 잡은
벼들이 출렁이는 논둑길
올해도 풍년을 예감하며
건장한 청년 허수아비를 세운다.

푸르름 가득한 거금도

섬과 섬 사이
하늘도 나무도 춤추듯 물결치고
옹기종기 앉아
햇마늘 캐는 마을 사람들
욕심 내려놓은 듯 소박하다

구릉선 산지를 싸안은
검붉은 해무
금방 폭풍을 몰고 올 기세지만
오천 몽돌 해변의 잔잔한 파도는
그리움 하나 줍고 또 줍게 하여
내 살아온 날 다시금 돌아보게 한다.

마음 자람터

바람에 쫓겨 날아다니는 낙엽들이
철새 가족 같다

밤을 지새운 하현달
먼 하늘에 액자인 양 걸려 있고
개울 웅덩이에 뛰어든 가래나무 잎
물길 따라 흐르다가
벼랑 끝에 매달린다
번뇌의 이파리도 함께

포근히 바위를 껴안고 잠든 이끼처럼
어느 날 어느 순간에도
한결같이 손잡아 주는 산은
내 마음의 자람터.

내 안에 숨어 있는

자식들에게 무엇을 주기보다는
안 빌리면 다행이다
지난날에는 젊은이들이
기성세대에게 배우고 익혔는데
지금은 그렇지가 않다
이건 어떻게 하면 되니?
어머 이거는 왜 안 열리나?
컴퓨터에서부터 신발명 전자제품까지
열등생이 따로 없다
자식들에게 묻고 들어도
막연하긴 여전하다
정서 또한 바뀐 시대가 아닌가
나이 많음을 무게 삼아 내 안에 숨어 있는
부끄러운 권위 의식 내려놓고
새로운 정보화 학원 등록부터 한다.

나비장

신혼 초부터 함께 살았다
이사도 같이 다녔다

놓을 곳이 마땅치 않아
한켠에 우두커니 놓여 있을 땐
마음 한 자락 그늘지게 했던 친구
바라보고만 있어도 행복하다

거실 창으로 들어오는 따가운 햇살에
바래지지나 않을까
부드러운 천으로 곱게 닦아 주며
세월의 두께만큼 쌓이는 정
참 도타운 인연이다.

하롱베이에서

크고 작은 산 굽이굽이 기암괴석
긴 세월 묵묵히
바다에 박혀 있는 수천 개의 섬들
사람의 넋을 빼앗네
뒤뚱뒤뚱 조각배 하나
얼굴 까만 사공이 노 저어 지나가네
살아온 나날들이 힘들어 보이지만
빙긋이 웃는 얼굴에
티 없는 흰 구름 흐르네
내 영혼 어루만지는 축복의 선물
멀어지는 조각배에 눈을 떼지 못하고
하롱베이 물결 따라
나 그만 멀리 흘러간다.

3부

꿈꾸는 언덕 1

– 가족

사진을 굳이 수첩에 간직해야 할까

마음속 갈피에 끼워 놓고

생각날 때마다 보고 또 보리

세월도 나이도 타지 않는

뜨거운 핏줄, 세상 뜬 뒤에도

생각나면 찾아와 또 만나리.

꿈꾸는 언덕 2
– 세월의 덫

긴 천변길 따라 걷는다

어둑해 보이지만

숨 고르고 있는 겨울 냇물

어젠 함박눈이 천변을 포장하더니

오늘 밤은 별들의 윤무

중천을 건너 따라오는 달그림자

아슴히 높은 정수리까지 차올라

또 한 해가 가고 있다 하네

사연 없이 밀려오는 이별의 감정

무엇을 더 이야기할 수 있을까

세월이란 괴물을 덥석 껴안고 만다.

꿈꾸는 언덕 3
– 휘파람 새

뜨락 풀벌레도 잠든 깊은 밤

맑고 고운 목소리로 슬피 우는 새 하나

모두가 푸른 풀빛으로 바뀌었는데

아직도 봄을 맞이하지 못한 것인가

잠 못 들고 벽이라도 두드리고 싶은

내 심정 같은 것일까

쉴 새 없이 별이 쏟아진다

별빛은 내 눈에 내 가슴에

시리도록 쏟아져 물결치지만

숲속 적막 속을 옮겨 다니며 우는

저 휘파람 새를 재워 주고 싶다.

꿈꾸는 언덕 4
– 백년지기

그 댁 아빠는
하루에 몇 마디 하고 살아요?
운동 함께하는 동네 엄마가
논둑길 걸으며 묻기에
그냥 미소로 답한다
말보다 서로의 그림자만으로도
소리 없이 대화 나눠온 긴 세월
이따금 찾아오는 서로의 고독은
차라리 친구가 되어 주었다

그의 삶을 심하게 침체시킨
정년퇴직의 허탈함
잠든 남편은
외로움을 하얗게 덮고 있었다
오늘 밤은

오래된 앤틱 벽시계가
남편의 잠든 모습보다
더 무거운 소리로 운다.

꿈꾸는 언덕 5
– 하모니카

마음 내려놓을 곳 없어
서럽게 목이 메어 오는 날
장롱 깊숙이 넣어 둔 하모니카를 꺼낸다

혼자 있길 좋아하던 사춘기 시절
아버지가 주신 생일 선물
보석보다 더 소중히 간직해 온 마음의 벗

시집오기 전날 밤
지열처럼 밑바닥에서 타오르는 정을
예쁜 손수건에 싸서 가방에 넣었다

오늘 밤 아버지가 즐겨 부르시던 노래들
하나하나 하모니카 선율에 옮겨 부른다
가까이할수록 살가운 추억 덩어리.

꿈꾸는 언덕 6
― 노년의 뜰

동굴처럼 시커멓게 입을 벌린 나날

감당하기 벅찬 파란

여러 차례 지나가고

허공에 걸린 빨래처럼

무력해진 팔다리가 짐스럽다

쓸쓸하고 호젓한 뜨락에

흰 초롱꽃 보낸

옥잠화 꽃대인 양

남아 있는 것은 아닌가

늦여름 바람이

신선한 희망 한 줌 손바닥에 쥐어 준다

세상에 막다른 세월은 어디에도 없다고.

꿈꾸는 언덕 7
– 옷장을 뒤지는 여자

오늘따라 창밖 가로등이

너무 밝다는 생각

잠은 오지 않고

옷장을 연다

우물 속인 양 색색의 추억

저마다 많은 이야기를 담고 있다

마음을 어루만져 주던 옷들

한창 젊었던 그 시절은

어느새 세상에서 밀려나

바람 소리조차 잊지 못할 그리움이 되었다

스산한 기운에 어깨를 움츠리면

따뜻이 감아 주던 머플러

오늘 밤도 침묵 속

허허한 마음을 감싸 안아

여인을 웃게 한다.

꿈꾸는 언덕 8
– 겨울 나그네

가지 끝에 매달린 마른 잎 하나

뜨겁고 푸른 삶이 지나간

공허한 생의 유영인가

오가는 발길도

밤의 안식에 묻혀 모두 잠든 밤

지친 가슴은

술 한 잔으로 옷깃을 세우고

꿈과 희망

남은 길을 걷고 또 걷는다

뿌듯한 한 점의 완성도는 찾지 못해도

내일 아침 툭툭 두 손 털고 일어나자.

꿈꾸는 언덕 9
- 달빛에 젖어 드는 뜰

들판에는 벼가 누렇게 익어간다

풀벌레 짤막한 인사 나누고

환하게 쏟아지는 달빛은

희끗희끗한 머리카락 쓰다듬으며

마음 따스히 안아 주는 밤

예순이 넘은 나는

언제쯤 저 황금 논 빛처럼 영글 수 있으려나

바람에 실려 오는 국화 향기

묵은 책갈피에 고인 정을 느끼게 하고

살아 있는 모든 것들은

한 시간 위에 함께 서 있다.

꿈꾸는 언덕 10
– 호수에서

수초 사이 헤집고 다니는 물고기들
먹다 남은 새우깡을 던진다
던져 주는 대로
입을 대고 쿡쿡거린다

적막한 호수에서 놀다
수면 밖으로 주둥이를 내미는
이 일탈의 순간
바라보는 눈길이 접히지 않는다
이 생각 저 생각
무겁게 내려앉은 어깨를 흔들면
호수의 잔물결도 어깨를 흔든다

저녁 기운이 아주 오래도록
번지는 걸 지켜본 뒤에야

인생, 너무 어렵게 살지 말자는 듯
잔물결은 내면 깊은 곳에 밀려와
이런저런 생각들을 쓰다듬는다.

꿈꾸는 언덕 11
– 향기로운 꽃

내 안에 사는 꽃들

하나하나 만나는 즐거운 순간

아플 때는 위로의 꽃으로

기쁠 때는 축하의 꽃으로

마음 다쳤을 때는 치유의 꽃으로

정민

영준

영은아

이 순간도 꿈꾸듯

행복으로 토핑한 꽃에 물든다

주고 또 주어도 아름다운

받고 또 받아도 넘치지 않는

그것이 사랑이니까.

꿈꾸는 언덕 12
– 하늘은 등 뒤에

앞에서 저 혼자 가는 세월

만질 수도 붙들 수도 없는 것이

늘 나를 따라오게 하고

돌이켜 보면

언제나 큰 하늘은 등 뒤에 있었다

인생이란 무거운 고층 건물인가

바닥에 납작하게 달라붙은 상황에도

최후의 순간까지

그 무게를 버티고 이기는 힘

스스로 만들어야 하기에

잠시도 멈출 수 없었다

그러나 두려운 건

자신의 뜻과는 다른 방향으로

떠밀리며 굽이치는 모순들

그래도 나는 저 앞에 저 혼자 가는

세월을 따르리.

꿈꾸는 언덕 13
– 새벽 창가의 사색

비워야 또 채울 수 있다는
나를 움직여 온 말

아무에게도 내색하고 싶지 않은
가두어 두었던 슬픔도
대접해야 할 손님이라면
기꺼이 맞이하리
산다는 것은 어쩌면 속으로
조용히 울고 있는 것 아니던가
바라보는 것들을 기다리면
언젠가는 별빛으로 다가오겠지

오늘은 맨드라미보다
더 붉은 립스틱을 발라야겠다.

베개

종일 기다리던 주인을
반갑게 맞는다
오늘 하루도 무사히 돌아왔다며
함께 잠드는 밤

깊은 수면으로 초대하여
또 다른 한 세상 살아라 하는가
늘 모퉁이로 맴돌았던 나에게
이 순간만은
세상의 중심이 되어
꿈속에 편히 잠들라 하는가

나 잠 깨어날 때까지 가슴 내어 주며
공존의 행복 누리게 하는
그대는 역시 나의 동반자.

산사에서

– 욕심도 벗어 놓고

바람을 밀고 가면서

무의미한 소리들을

숲에다 하늘에다 쏟아부었다

잎 져버린 빈 가지

흔들려 생겨나는 그림자의 움직임

자신의 모습인 것을

알싸한 바람에 휩쓸려

풍경이 흔들리고

풍경 소리가 미처 하지 못한

속말들을 삼켜 편안함을 나눠 갖는다

입차문래入此門來 막존지해莫存知解

문안에 들면 알음알이를 하지 마라

백지상태의 마음이 되어야 한다는 뜻

눈을 감고 손을 모은다

내성 생긴 소란한 마음속 문신들

손가락 사이에서 해초처럼 부드럽게

바람에 몰려 나간다

돌이켜 생각해 보면

자신을 괴롭힌 것들은

부족함이 아닌 넘침이었다.

담쟁이넝쿨 1

높은 돌담을
숨도 고르지 않고
악착같이 기어오르는 넝쿨
내 그리움이 저렇다
아무도 모르는 시간 속
짙은 안개로 밀려와
그 깊이를 헤아릴 수 없는
심장의 줄기.

담쟁이넝쿨 2

넝쿨에 타는 가을빛
추억의 성체를 물들이는
경이로운 단풍 빛이
길손의 발걸음 멈추게 하네

엎드려 살았다고 흉보는 이 있으랴
똑바로 서서 걷고 있지만
불현듯 얼굴 붉어진다.

소록도 小鹿島

외딴섬
가파른 벼랑 끝에 서서
천형天刑을 서러워했던 사슴들을
기억하는가

사슴들의 울음소리 메아리로 번져
가슴이 돌장승으로 굳어 갔다

꺾이고 휘어진 생으로
오랜 세월 섬을
응시하고 있는 나무들
천형의 고통을 부둥켜안고
파도에 애환 실어 내는 혼들이여

아침 햇살 곱게 뿌려진

푸른 바다는

어느새 비나리 춤*을 추고 있다.

* 비나리 춤: 마지막 과정에서 덕담으로 기원하는 고사. 순우리말로 무언가를 빈
다는 뜻.

4부

첫눈

수만 다발 그리움이
하얗게 나부낀다
두 손 활짝 들고 온몸으로 받아도
끝내는 한 점 물방울인 것을
나는 알고 싶지 않네
눈송이들이
흰빛을 잃고 녹는다는 것을
나는 차마 믿고 싶지 않네.

호떡

반죽 속 흑설탕이
녹는 사이
노릇노릇 익어 가는 호떡

숯불에 굽던 시절 지나
기름에 튀겨 내는 지금껏
추운 마음의 벗이 되어 왔지
인생이 구워지고 튀겨져도
고단한 기색 없이
달달하고 구수한 맛만 낼 수 있다면

입 안 가득 번지는 꿀맛은
인사동 골목 산책하는 동안
심심치 않은 길벗이 되었다.

겨울 산촌을 걸으며

야트막한 언덕
가을걷이 끝낸 이웃집 마당엔
패다만 장작들이 흩어져 있고
저녁 짓는 굴뚝 연기가
남은 하루를 마저 태우는 때
해보다 먼저 아침을 여는 농부들 손길에
황토빛 밭들은 언제나 푸짐하다
차분히 뒤를 따르는 손주 녀석
덥석 할미 손을 잡는다
녀석의 작은 손은 하늘이 주신 언어인가
순간, 바람에 일렁이는 마른 풀들의
움직임까지 감지하고
행복해지는 산책길 들녘
강아지풀들이
흰 눈을 털고 길을 내어 준다.

전주 한옥마을 길

한옥마을
아담한 정자 옆 개울물 소리
나그네 마음 가로질러 흐르고

양지바른 처마 아래 앉아
구리빛 용기에 뽑기 만드는
등 굽은 할아버지를 보고
유년의 한때가 떠올라
한참을 서서 쳐다본다

내 언젠가 한 번 다녀간 듯
낯설지 않은 한옥마을 길
객지에서 온 내가 아니라
늘 이웃하고 살아온 내가 되어
발걸음을 옮긴다.

기도

늦가을 밤바람 소리
설핏 든 잠을 헹궈 내고
어둠이 빨래인 양 나부끼고 있다

홀로 불 켜놓은 집
누가 또 나처럼 아픈 그리움에
잠 못 들고 있는가
시간이 쌓여도
진정되지 않는 마음아
이 그리움 부디
눈부신 만남으로 채워지길
그리하여
고요와 안식의 나 달게 잠들기를.

등대를 바라보며

모진 칼바람 마다 않고
깜박깜박 소리 없이
칠흑의 망망대해 비추는 등대
만선의 꿈으로 여정을 지나는
배들을 어루만지며
홀로 어부의 벗으로 사는 삶은 아름답다

남에게 기대지 않은 채
거룩하고 유익하게
우뚝 서 있는 등대 앞에서
부끄러움이 밀물로 다가오고 있다.

노을

붉게 번지는

안식의 빛

그리운 어머니 마음으로

여울져 오네.

가슴속 향내로 스미는

– 임선영 시인 고향 길

우리 동인 넷

임 시인 고향 집 가는 길

택시 기사와 지난 세월 들추는

시인의 소녀 시절 추억들 행복해 보이고

늘 같은 자리에서 반겨 주는 고향

우리가 마지막으로

헛헛한 가슴 기댈 수 있는 곳 아니던가

금마* 조각공원 산책로

새벽 풍경 머금은 맑은 호수 길

동인들과 교감 나누며

가슴속 시심으로 채운 1박 2일

들풀 향 가득한 시인들

인연의 뜰에 피는

환한 웃음이

오래도록 청아한 시향詩香으로 남길.

가을비

가슴속에까지 밤새 듣는 빗소리
들풀로 수군거리다가
보석으로 왔네
방울방울 아낌없이 내어 주는
보람이고 은혜로운 비
어느 낙원을 들렀다 왔을까
심장 뛰고
마음 끌려
온 밤을 빗소리에 젖는다.

가을 호수

붉은 단풍 빛 석양은
부채살로 퍼져 나가고
억새꽃 하얗게 물결치는 강변은
아직도 지워지지 않는 풍경
무엇으로 바꿀 수 있을까
그 석양빛
그 억새꽃 물결
집에까지 따라와 온 방에 가득하다.

송광사

울창한 숲과 계곡을
정원으로 감싸 안은 절
열반하신 고승들 사진으로
한 분 한 분 맞이하니
천년을 누워 잔다는
그윽한 돌의 숨소리

성스러운 사람은
몸을 뒤로하기에 그 몸이 앞서고
몸을 내던지기에 그 몸이 드높다
몇 해 전에 읽은 노자老子 글구를
머릿속에 되삭이며 걷는다

대웅전 앞에 멈춘 발걸음
무엇을 말하려는가

세상을 반쯤 접어 보아라
부처님의 조용한 미소가
봄 뜨락에 가득하다.

하늘 엽서

영혼의 끈 놓지 않고
그리움 고여 넘치는
부모님의 따뜻한 체온은
마음속 초원에서
여유를 누리게 합니다
아버지
살아 계실 때 더 살갑게
해드리지 못한 사죄의 글이
오늘 밤 일기장에 가득 넘쳐흐릅니다.

만추

낙엽 틈새에 끼어
꼭 한번 지워지고 싶다

허허로운 마음 한 조각
바람에 몸을 뒤집으며
이리저리 뒹군다

술 한 잔
마시고 싶은 나른함에
낙엽 한 가슴 쓸어안고
회한의 공복을 달랜다.

도아로 하여금

어미의 몸을 처음 열고 나온 문 여리
세 마리 형제들 몸에 눌려
기진맥진 온 힘을 다해
세상 빛을 얻었으리라

달 반 지나자
마실 온 동네 사람들이
예쁘고 튼실한 형제들을 보듬어 갔다
방 한 귀퉁이를 무심히 지키는 재떨이인 양
한쪽 눈도 제대로 뜨지 못한 채
엎드려 있는 녀석을 보듬었다
그때부터 시작된 동고동락 사랑
이름을 도아라고 불렀다

순수하고 섬세하고 면밀한 진실들로

쫄랑쫄랑 따라다니는 도아
나는 누구를 위하여 10시간 이상을
간절하게 기다려 준 적이 없지만
앞뒤 가리지 않고
나를 기다려 주는 친구, 도아야
따스함과 편안함으로 또 하루를
채워 주는 너에게서
그윽한 사랑을 배운다.

아름다운 농촌
– 인산리의 밤*

평상에 누워

북두칠성에 마음 걸어 놓고

옛일을 뒤지는 밤

흰 구름 한 장 가볍게 떠 있다

숭글숭글 잘 웃는 윗집 아저씨가

한켠에 지펴 놓은 쑥 향 가득한 모깃불

다소곳 앉은 여인 같다

꼬리에 별을 단 반딧불이 날고

앞 콩밭 가로지르며

껑충껑충 뛰어가는 고라니

그 뒤로 가을바람 잰걸음 하고 있네

길지 않은 날이나마

가을이 쌓아 놓고 간 자취는 아름답기만 하다

흉허물 들추지 않고 반기는

이런 곳에서

시를 쓸 수 있다는 것은

내 일생에 진정 축복받은 시간이다.

* 인산리: 강화군 양도면에 위치

시간이 멈춘 수학여행

— 세월호

2014년 4월 16일
8시 48분 37초 그 이후
얼마나 답답하고 숨 막혔을까

물길 속
또 얼마나 많은 물길이 있는 건지
더 팽팽해 보이는 바다
생존자를 기다리는 애타는 절규
램프 불같이 어둠 속을 꿰뚫는
기적은 일어나지 않았다

이제는
내 안에 또 하나의 나를 보듬고
가족들은 눈 시리도록
고독한 수행자로

이름 부르고 또 부른다.

이강*의 풍경

안개비 때문일까
강을 안고 있는 산은
신령한 일들이 있을 것 같아
사뭇 조심스럽다

명나라 때 놓았다는
반원형 육중한 돌다리를 감싸고
푸르게 부풀어 오른 이끼는
긴 세월의 자취

높은 바위 끝에
우뚝 솟은 소나무
산과 물이 끊임없이 세월을 불러들여
담아 놓은 비경이 아닐런지
가마우지 분주히 물고기를 쫓고

많은 산수화 대부분이
이강의 풍경을 베끼고 있으니
여기가 무릉도원이 아닐는지
흘러오고 흘러가는 긴 역사의 강물
잠시 눈을 감고 품어 본다

* 이강: 중국 계림 양쉐이 사이에 흐르는 강

해빙기

가슴이 꽁꽁 얼어 있다
온몸에 달라붙은 한기

봄 오면 내 그리움
그대 품에서 흔적 없이 녹으리

해빙의 부산한 걸음 소리
운명의 매듭을 풀어 가는가
사랑을 찾아가는가.

서정의 텃밭에서 기르는
청정하고 영원한 삶의 꿈

이상호(시인·한양대 교수)

1. 텃밭을 일구는 마음으로

김현기 시인의 시세계에 들어가기 위해서는 시인이 일구어 내는 '텃밭'을 거쳐야 한다. 시심의 밑바탕에 텃밭의 의미와 이미지가 깔려 있기 때문이다. 물론 그것은 실제의 텃밭이기도 하고 심리적이며 시적 상상력의 소산이기도 하다. 나는 이 텃밭에 대한 시인의 정서를 들여다보고 분석해야만 그가 추구하는 시의 빛깔이 더 선명하게 드러날 것으로 믿는다. 그래서 이 텃밭의 의미를 잠시 짚어보고 김현기 시세계에 들어가는 문을 열고자 한다.

김현기 시심에 자리 잡은 '텃밭'은 '집터에 딸리거나 집 가까이에 있는 밭'이라는 전통적인 사전적 개념과는 차이가 있음을 알 필요가 있다. 시인의 거주지가 도시라는 점을 고려하면 그것은 고향이나 시골에서 말하던 그런 것이 아니라 '도시 텃밭'이라는 현대적 개념이다. 이것은 먹고사는 문제로 인해 마음만 고향으로 달려갈 뿐인 도시인들(서울 토박이는 겨우 10%에도 미치지 못할 정도라니 서울 주민의 경우 거의 대부분 탈향민이라 해도 과언이 아님)에게 향수를 달래게 하고 소규모로 손수 농작물을 길러 먹도록 하는 편의를 위해 만들어진 특별한 공간이다.[1] 내 기억으로는 이런 행태가 유행하기 시작한 것은 그리 오래된 것 같지는 않다. 언제부턴가 주변에서 텃밭을 얻어 재미 삼아 조금씩 농작물을 길러 먹는다는 얘기를 들었는데, 이제는 각 구청 등 공공 기관까지 나서서 주민들에게 도움을 주고 있어 도시 텃밭이라는 새로운 문화가 확산일로를 걷고 있다. 이 현상은 건강에

---

1) 이것은 이른바 현대판 원시주의와 비슷한 속성을 갖는다. 휴가 때는 물론 거의 주말마다 도시를 벗어나 시골이나 자연을 찾아가는 도시인들이 장사진을 이루어 대부분의 도로가 자동차 행렬로 북새통을 이루는 것은 바로 주중에 쌓인 스트레스를 풀기 위한 자구책으로서 잠시라도 삶의 터전을 벗어나 쉬고 싶은 사람들의 심리적 도피 현상 때문이다. 이들의 마음에는 현대 도시 문명에 저항하고 원시주의를 지향하는 의식이 잠재되어 있다.

2) 내 경험에 따르면, 요즘에는 농약 치지 않고는 되는 것이 없다는 아버지의 푸념이 귀에 익었거니와 나도 조그만 텃밭을 빌려 몇몇 채소류를 길러 본 결과 화학 비료와 농약을 쓰지 않으려 애를 쓸수록 보기도 좋고 먹을 만한 것을 얻기가 무척 힘들었다. 이러니 좀 비싸고 외양이 부족하더라도 유기농법이나 무공해로 경작한 농산물을 사 먹는 가정이 늘어나게 된다. 그런데 언제부턴가 유기농이나 무공해 식품이라는 것도 온전히 믿기 어렵다는 말이 나돌면서 그쪽에 종사하는 사람들이 어려움을 겪는다고 한다. 불신 사회가 만들어내는 또 다른 공해일 수도 있겠지만 워낙 못 믿을 것들이 판을 치는 세상이라 의심하는 사람들의 심정도 알 만하다. 그래서 이런저런 걱정이나 애태움 없이 도시인들이 스스로 농작물을 길러 먹는 간이 농업 문화가 확산되는 듯하다. 도시 텃밭은 도시 이주민들에게는 향수를 달래게 하는 농사 경험도 좋지만 더 매력적인 점은 각종 채

직결되는 청정한 먹을거리에 대한 시민들의 관심이 높음을 반증하는 것이기도 하다.[2] 이러한 텃밭의 의미와 시인의 시적 상상력의 발원지가 유사한 맥락을 갖는 것으로 보여, 나는 아픔과 슬픔이 배어 있는 '도시'[3]와 치유의 빛이 스며든 '텃밭'이 중첩된 '도시 텃밭'의 의미와 이미지를 바탕으로 그의 시 세계의 특성을 밝혀 보려고 한다. 텃밭 경험이 시인의 정서를 통과하여 상상력의 날개를 달면 매우 다양한 이미지와 의미로 확장 · 발산되는데, 먼저 직접 '텃밭'을 제재로 노래한 작품을 보면 다음과 같다.

　황토에 스며드는 햇볕 따라

　마음도 함께 스며들고 있다

소류들을 직접 기르니 신선함은 물론이요 공해 걱정 없이 믿고 먹을 수 있다는 것이다. 도시 텃밭의 확산은 그 근저에 대충 이런 의미가 작동하는 것으로 보인다.

3) 도시 텃밭의 생성과 밀접한 관련된 '도시'는 현대인들에게 삶의 터전인 동시에 팍팍한 삶을 강요하는 모순적 공간이다. 왜 그런지 소박하게나마 잠깐 생각해 보면 이렇다. 근대 사회로 진입하는 과정에서 인간들이 살아남기 위해 도모한 산업화의 과정에서 인구의 이동과 집중을 통해 도시화를 불러왔다. 산업화와 도시화는 필연적으로 자연을 파괴하고 환경 오염을 유발할 수밖에 없다. 그리하여 우리가 지금 심각하게 겪듯이 과학이 급속도로 발달하고 문명이 첨단화되어 화려하게 번쩍거릴수록 오염의 농도도 급상승한다. 환경 오염이 인간 삶에 치명적인 영향을 미치는 것을 뼈저리게 느끼기 시작하면서 오늘날 온 세상은 환경 오염이나 공해 따위와 맞대결을 벌이지 않을 수 없는 지경에 이르렀다. 물론 그래도 당장 우리 삶에 큰 변화가 올리는 만무하다. 그동안 인간들이 주체할 수 없는 탐욕으로 쌓아 올린 산업화와 도시화라는 바벨탑 아래 드리워진 짙은 그늘, 문명의 역기능적인 폐해들이 태산 같은데 어찌 단시일에 그것을 허물고 청정한 상태로 되돌릴 수 있겠는가? 그래서 현대 도시인들은 뾰족한 해결책을 찾지 못한 채 겨우 입마개mask 하나로 견디면서 미세먼지 같은 각종 오염에 노출된 채 날마다 목숨에 위협을 받으면서 힘겹게 살 수밖에 없다.

111

넓지 않은 공간이지만

풀과 바람과 햇살이

시가 되고 산문이 되는 사이

텃밭은 마음에 잇닿은

푸른 산책로.

―〈텃밭에 앉아〉 전문

시인의 텃밭 경험은 먹을거리를 얻는 것에 국한되지 않는다. "풀과 바람과 햇살이/시가 되고 산문이 되는" 상상력을 펼치게 하고 '마음'을 푸르게 색칠할 수 있는 '산책로' 구실도 한다. 이에 따르면 시인의 텃밭 경험은 예술의식으로 직결된다. 즉 자연이 곧 예술이라는 것이다. 예술은 독자에게 존재와 삶을 아름답게 가꾸는 계기를 마련해 주는 목적을 수행한다. 형식의 아름다움은 물론이거니와 내용의 신실함이 그 구실을 한다. 생각하기에 따라 다양한 의미로 분화될 수 있지만, 쉼이든 즐김이든 궁극적으로는 힘겨운 삶을 영위하는 인간들에게 피로를 풀고 줄여 심신이 더 건전하고 건강하게 거듭나서 이웃과 더불어 살 줄 아는 사회적 존재로 나아갈 수 있게 하는 예술적 기능에서 일탈하는 예술 작품은 그리 많지 않을 것이다. 이런 점과 관련하여 김현기 시에서 텃밭 정서는 매우 중요한 시적 모티프로 작용한다.

위의 시를 통해서 보면, "텃밭"과 "푸른 산책로"를 등식화한 은유 구조가 가장 주목된다. 여기서 텃밭은 '푸른' 존재―젊음과 순수와 평화를 꿈꾸는 인간과 자연을 연결해 주는 고리 구실을 하는 신성한 장소이다. 더 구체적으로 말하면 시인은 자연의 대척점인 도시에서 몸과 마음을 앓는 현대인들이 구원받을 수 있는 장소로 텃밭을 상정한다. 자연은 영원하고 신성하기는 하지만 일상인으로서는 영주하기 어려운 공간인 반면, 도시는 온갖 욕망과 병폐들이 들끓어 숨 막히는 공간이지만 삶의 근거지이기 때문에 또한 완전히 일탈하기가 어렵다. 그러니까 도시인들은 진퇴양난dilemma에 빠진 형국이다. 도시 텃밭은 심리적 차원에서 난감한 상황에 처한 도시인들이 하나의 자구책으로서 도시인과 자연인의 경계에 위치하기를 자청하여 청정한 심신을 꿈꾸는 치유 공간이라는 의미를 함유한다.

시인의 경계인 인식은 시 형식에서는 다르게 드러난다. 즉 단출하고 간결한 형태만을 고집하여 오직 전통 지향적인 성향만 보여준다. 이 점은 가장 원초적이면서도 또 가장 오랜 세월 동안 계승되는 시 양식인 서정시의 중요한 특성 중의 하나라는 점에서 주목된다. 시인이 짧고 단출한 시 형식을 얼마나 선호하고 고집했는지는 몇 가지 특성을 통해서 여실히 드러난다. 우선 작품의 길이가 눈길을 확 끌어당긴다. 이번 시집에 실린 작품 72편의 길이를 보면 가장 짧은 시는 3행이고, 가장 긴 시도 본문만 계산하면 연 구분 공백을 포함하여 23행(〈도아로 하여금〉)이며, 20행이 넘는 시는 겨우 5편뿐이어서 대부분의 시가 한 면에 조판될 수 있는 단시형으로 이루어졌다. 이것은 결코 우연한 결과가 아닐 것이다. 시인의 고집은 특정 형식에 대한 예술적 신념과 의지가 반영된 조형의식에서 나온 결과라고 하지 않을 수 없다. 이것은 모든 작품이 오로지 자유시 형식으로만 이루어진 점을 통해서도 뒷받침된다. 또한 시행詩行도 대체로 2~4음보를 넘지 않아 한 행이 두 행으로 나뉘어 조판된 경우가 거의 없는데, 이런 형식적 특성을 종합할 때 분명 시인은 우리 시의 전통 리듬을 깊이 의식하였다고 판단할 수 있다.

단출하고 간결한 그의 시 형식은 요즘 많은 논란의 도마에 오르는 난해함, 장황한 산문화 등으로 인한 소통의 난맥상에 대한 비판 인식의 소산이라고 볼 수도 있다. 아무리 주관적 성향이 강하고 독자를 의식하지 않는 자기 위안의 쾌락적이거나 시를 위한 시 쓰기의 한 실현이라고 우겨도 굳이 시라는 이름樣式으로 문자화하여 지면에 발표하는 사회적 의미를 스스로 부여하는 차원에서는 독자와의 소통 과정을 도외시할 수 없다. 어떻게 보면 짧고 단출한 서정시 형식은 의식적이든 무의식적이든 그런 시적 행태나 작품에 대해 시인이 형식적으로 저항하고 거부하는 의미를 갖는다. 한걸음 물러서서 긍정적인 관점으로 소통적 난맥상을 보이는 시들을 있는 그대로 받아들이면 현대의 복잡다단한 삶에 상응하도록 복잡하게 엉키는 형상으로 드러내는 것을 하나의 예술 양식style으로 인정할 수도 있다. 그렇다면 그런 유형과는 반대로 가능한 한 단출하게 구성하여 독자들이 복잡한 현실에서 지친 심신을 조금이라도 쉬게 할 수 있는 형태도

역설적으로 현대시의 또 다른 한 방식이라는 의미를 부여할 수 있다.

이렇듯 김현기 시인의 시심은 기본적으로 '도시 텃밭'을 일구는 정서에 닿아 있고, 그의 시는 그 자양분으로 기르고 거두어들인 농작물의 의미를 갖는다. '도시 텃밭'이라는 말이, 시간적으로 현대—전통, 공간적으로 도시—농촌이라는 서로 어울리지 않는 의미가 복합되어 역설적인 구조를 이루듯이 그의 시세계를 형성하는 데도 모순 또는 양가치兩價値4)에 대한 시인의 대응의식이 상당히 작용하였다. 화려한 수사에 대한 관심보다는 삶의 진면목인 청정함을 찾아가는 여정에 들어 많은 성찰과 반성을 시의 토대로 삼아 서정적 양식에 기댄 점, 핏줄로 이어진 가족과 따뜻한 정을 소중히 여기는 마음을 자주 표현한 점 따위를 전통 서정시적인 요소라고 한다면, 세상인심(냉정과 비정)에 대한 비판의식은 현대적이고 도시적인 삶에 대한 혐오감을 노정하는 것으로 모더니즘의 성향을 갖는다. 이렇게 보면 결국 '도시 텃밭'으로 비유할 수있는 시적 경험과 상상력에서 발원하여 형성된 그의 시 세계는 도시인으로 사는 존재의 아픔과 슬픔을 중화하려는 살림의식으로 집약할 수 있다. 이런 복합성이 탑재되어 있음을 간과한 채 그의 시에 도드라지는 단출하고 담백한 표현 형태를 쉽게 판단하면 그 속맛을 제대로 느끼기 어려울 것이다.

---

4) 모순된 두 가지에 모두 부분적으로 일정한 가치가 있다고 보기 때문에 선택 장애를 유발하는 경우를 나타내는 심리적 용어.

2. 전경후정의 구조, 푸른 꿈 탐색의 양식화

전경후정前景後情은 아주 오랜 전통적 시 짓기의 한 방식이다. 말 그대로 먼저 경치(자연)를 다룬 다음에 시인의 현실 인식과 정서를 표현하기 때문에 형태상 이원 구조를 갖는다. 이 방식의 속내를 좀 더 구체적으로 밝히면 시인이 주로 무한하고 영원한 자연물을 바라보면서 그에 대립되는 유한한 자아(인간)를 인식하게 되는 과정을 순차적으로 표현하는 식이다. 이 과정에는 대개 자아에 대한 성찰과 반성 및 비판의식이 개입되고, 그 끝에는 자연에 동화되고 싶은 시인의 꿈이 열린다. 다시 말하면 무한하고 영원한 자연에 대비되는 자아를 인식함으로써 자아의 유한성과 한계를 넘어서려는 초월 의지가 발동하여 시인은 무한하고 영원한 자연처럼 되고 싶은 소망을 갖게 된다. 자연이라는 거울을 통해서 자아와 세계를 살피고 돌아보는 이 구성 방식으로 지은 김현기 시의 한 형태는 전통의 현대적 계승이라는 점에서 도시 텃밭의 의미를 내포한다. 가령, 다음과 같은 시를 통해 구체적으로 확인할 수 있다.

가지 끝에 둥둥 떠다니는
목련꽃 주위를
한나절 맴돌았건만
그대 같은 봄은 내게 없구나

가슴속 얼었던 수맥이

활짝 풀리지 않는다

그대는 꽃으로 봄을 알리는데

나는 무엇으로 봄을 알리나

바람이 마음을 밀어 올린다.

—〈목련〉 전문

　전경후정 구조의 한 전형을 보여주는, 자아 성찰과 소망이 주
조를 이루는 전통적인 서정적 작품이다. 즉 봄을 알리는 목련
을 통해 그에 대비되는 자아를 돌아보며 삶의 의욕을 다잡는 과
정에서 그것이 잘 드러난다. 목련꽃에 마음을 빼앗긴 시인[5]은
부러움을 이기지 못하고 "한나절"이나 그 주위를 맴돌아 보아
도 "그대 같은 봄은 내게 없구나"라는 결핍 인식만 깊어져 한탄
스러울 뿐이다. 목련은 계절의 순환에 따라 겨울에 멈추었던 수
맥이 봄이 되면 풀려 꽃을 피우지만, 자연과 같은 순환구조에서
벗어난 인간은 도저히 그럴 수 없다. 그래서 "무엇으로 봄을 알
리나"라고 난감해 하지만 아무리 궁리해도 자신이 얻고 싶은 답
을 찾을 수 없음은 이미 결정되어 있다.

　그러나 그럼에도 불구하고 시인은 인간의 존재론적 한계로

---

5) 시적 상상력으로 구성한 작품이므로 '서정적 자아'나 '시적 화자'라고 하는
것이 더 적절하겠으나 서술 편의상, 또는 관례상 '시인'으로 통칭한다.

인해 좌절하거나 슬퍼하기보다는 긍정적인 방향으로 마음을 돌린다. 즉 "얼었던 수맥이/활짝 풀리지 않는" 가슴속에 봄바람을 불어넣어 얼었던 수맥을 풀어 보려고 애를 쓴다. 표면적으로는 "바람이 마음을 밀어 올린다."고 수동적으로 표현했지만, 심층에는 시인의 상당한 고심이 들어 있다. 일차적으로는 인간의 한계를 깊이 의식한 결과일 것이다. 인간은 아무리 갈망하고 노력해도 목련이 봄마다 새로운 꽃을 피우는 것처럼 재생할 수는 없다. 이것은 오직 미래를 향해 직선으로만 흐르는 시간에 실려가는 인간 존재의 특성이자 "예순이 넘은 나"(〈꿈꾸는 언덕 9—달빛에 젖어 드는 뜰〉)의 개인적 나이의 한계 때문이기도 할 것이다. 자신의 의지로는 청춘기로 회귀할 수 없는 불가역적인 시간 앞에서 시인은 자연(바람)에 기대어 마음에 뜨거운 기운을 불어넣는다. 물론 '바람'은 '얼었던 수맥'이라는 정적인 상태에 대립되는 동적인 의미를 함축한 이미지(삶·자유·부드러움·영혼·계시 등)이다. 따라서 수동적인 이 표현은 자연에 동화되고 싶은 자아를 투사한 형태이다.

흙을 밀고 올라와
홀로 새 삶을 더듬는가
생기 가득한 모습
뭇사람들이 해마다 잊지 않고
너를 찾아 나서는 것은

세월의 흐름 속에서도 변치 않는

은은한 향내가 가슴속

꽃으로 피어나기 때문이리라

사람도 이렇게 변함없는 향으로

살아야 하는 것을

꽃바람 두 볼 물들이는 이 아침

사는 법을 다시금 일깨워 주는

너는 멋진 봄날지기.

—〈냉이〉 전문

〈냉이〉 역시 제재만 다를 뿐 큰 그림은 〈목련〉과 거의 비슷하다. 냉이가 겨울을 견디고 봄철에 흙을 밀고 올라와서 "새 삶"을 더듬는 "생기 가득한 모습"이라든지, 사람과는 달리 "세월의 흐름 속에서도 변치 않는/은은한 향내"를 지닌다는 것, 그리하여 사람도 냉이처럼 '변함없는 향'으로 살아야 한다고 생각하며 "사는 법을 다시금 일깨워 주는/너는 멋진 봄날지기"로 치켜세우는 것 등등, 변함없이 영원한 자연에 대한 외경심으로부터 인간의 한계를 의식하는 자아 성찰과 반성 및 소망에 이르기까지 〈목련〉과 거의 유사한 발상과 맥락을 보여준다.

이러한 발상으로 이루어진 시는 "봄, 어떤 말보다/강하고 힘차다"로 시작하여 "다친 마음 치유하면서/나 또한 별과 같이 반짝이리."로 마무리된 〈다짐〉을 비롯하여, "아물지 못한 마음의 상처는/어서 새순이 돋아나기를 빈다/나를 흔들어 깨우며/먼 산으로 부는 바람은/내 혼의 나들이여라."(〈봄바람〉), "포근히 바위를 껴안고 잠든 이끼처럼/어느 날 어느 순간에도/한결같이 손잡아 주는 산은/내 마음의 자람터."(〈마음 자람터〉) 등 상당히 많다. 모두 자연과 인간(자아)이 대립적인 관계이고, 자연의 이치를 따르고 싶은 마음을 표현하는 것으로 마무리된다.

　김현기 시에는 특히 봄을 제재로 한 시가 많고 그 인식도 매우 애틋하고 강렬하게 드러난다. 이는 존재론적으로 접근하면 장년기에 든 시인의 가을 인식이 작용한 결과라고 할 수 있고, 현실 인식 차원으로 접근하면 비극적인 현실을 무화하고 새 출발하고 싶은 갈망을 나타내는 것이기도 하다. 차원은 달라도 이것은 모두 위기의식에서 촉발된 것이라는 공통점을 갖는다. 그렇다면 그 위기의식을 어떻게 극복할 수 있을까? 이것이 가장 중요한 현안 문제라 할 수 있는데, 시간관념으로 보면 미래 방향에는 거의 가망이 없다는 점은 이미 경험을 통해 확인한 바이다. 이를테면 육체와 목숨은 시간이 흐를수록 소멸에 가까워질 뿐이고, 세상은 자연 과학의 발달에 반비례하여 갈수록 번거로워지고 타락하여 삶이 더욱 팍팍해질 따름이기 때문이다.[6] 시인이 때때로 지향세계를 유년기나 젊은 시절로 설정하는 것은 바로 그런 연유와 밀접한 관련이 있다. 따라서 과거로 회귀하려는 의식에는 현재의 아픔과 슬픔을 누그러뜨리려는 마음이 내포되어 자연이라는 공간을 시간적으로 변주한 의미를 갖는다.

되찾고 싶은 시간들

뒤돌아보며

숨 고르는 이 길목

마른버짐 같은

건조한 웃음만 가슴 가득하다

아득한 꿈으로

흘러간 너의 모습

영원히 지울 수 없는 나의 문신.

―〈젊은 날〉 전문

너와집 처마 끝 둥지에 낳은

다섯 마리 새끼에게

연신 모이를 날라다 먹이는 어미 제비

자식 버리는 사람들 견주어 보게 하네

언젠가 높이 비상할 꿈

갑자기 호기심 발동한 것일까

---

6) 대체로 과학적 현대성modernity과 미학적·존재론적 현대성은 대립된다. 즉 과학 문명의 이상은 미래에 있지만 인간의 이상향은 과거에 있다. 이상향은 시·공간적으로 가장 멀리 있는 것이 태초의 에덴동산이라면 존재론적으로 개개인의 경우는 가장 안락했던 자궁이 될 것이다. 인간에게 불행의 씨앗은 에덴동산에서 쫓겨나고, 어머니의 궁전(자궁)에서 이탈되어 세속으로 편입되면서 발아되어 자라기 시작했다.

어린 새끼들 다투어 날갯짓하는

작은 둥지 안 가득한 행복

빙판 같은 세상

동심을 불러일으킨 정경이

유년으로 유년으로 나를 데리고 가네.

—〈유년으로 유년으로〉 부분

앞서 살펴본 작품들이 식물적 상상력을 통해 결핍된 자아 인
식으로부터 진정한 자아identity 찾기에 이르는 과정을 표현했다
면, 여기에 인용한 두 편은 비극적인 현실 인식을 통해 그것을
넘어서려는 심리적 방어기제로서 퇴행의식을 보여주는 작품이
다. 앞의 두 작품에서 결핍된 자아 인식을 극복할 수 있는 길을
자연(목련·냉이)이라는 대상에서 찾으려 했다면, 여기서는 과거
로의 시간 이동을 통해 젊은 시절이나 행복했던 유년기의 추억
속으로 잠행하려고 한다. 이런 점에서 두 유형은 포괄적으로는
일맥상통하지만, 세부적으로는 큰 차이를 보인다. 즉 앞의 경우
는 노력하기에 따라서는 꿈을 성취할 수 있는 반면, 뒤의 경우
에는 불가역적인 시간이나 재생(부활)이 불가능한 육체의 특성
상 잠시 심리적 위안은 얻을 수 있을지 모르나 꿈의 실현은 근
본적으로 불가능하다.

물론 그렇다고 그것이 아주 무의미하지는 않다. 현실적으로 유

년기나 청춘기로 되돌아갈 수는 없어도 순진무구함과 무한한 가능성과 원대한 꿈을 지닌 그때를 회상함으로써 심난한 현재로부터 일탈하고 심리적으로 안정된 순간에 들 수도 있다. 아니 이보다 더 중요한 것은 비극적인 현재를 치유할 길이 과거에 있음을 확인함으로써 그때와 같은 상황을 만들기 위한 노력을 기울일 수 있는 힘을 얻을 수 있는 점이다. "개구리 멀리 뛰려면/잔뜩 움츠렸다 뛰듯이"(〈해금〉). 이것이 곧 퇴행의식에 내포된 창조적 의미이다. 따라서 앞의 시에서 구원 대상으로 삼은 자연이 여기서는 과거 시간으로 대체되어 시적 변용을 보여준 결과가 된다.

시인의 퇴행의식이 도피적인 것이 아니라 창조적인 것임은 결핍된 자아를 뛰어넘기 위한 인식을 다양하게 변주하는 대목을 통해 입증된다. 그리고 여기에 힘을 보태는 것은 비극적인 현실 인식, 즉 "마른버짐 같은/건조한 웃음만 가슴 가득하다"거나 "연신 모이를 날라다 먹이는 어미 제비"에 대비되는 "자식 버리는 사람들"로 인해 "빙판 같은 세상"이 되어 버린 비정한 세태에 대한 비판의식이다. 타인의 부정적인 행태를 의식하고 고발하는 것은 남의 일이 아니라 내 일과 같다는 책임의식에서 비롯되기 때문이다. 그런데 여기서 주의할 것은, 남의 눈에 티는 보면서 정작 제 눈의 대들보는 보지 못하는 위선자로 전락하지 않기 위해서는 남을 탓하고 비판하기에 앞서 먼저 제 자신부터 살피고 허물을 털어내야 하는 점이다. 그래서 시인은,

나. 언제나/나서지 않고 조그맣게/엎드려 살리라/바람
에 칭얼대는 마음을/꼭 붙잡는다.

―〈채송화〉 부분

바람에 몰려 나간다/돌이켜 생각해 보면/자신을 괴롭힌
것들은/부족함이 아닌 넘침이었다.

―〈산사에서-욕심도 벗어 놓고〉 부분

남에게 기대지 않은 채/거룩하고 유익하게/우뚝 서 있
는 등대 앞에서/부끄러움이 밀물로 다가오고 있다.

―〈등대를 바라보며〉 부분

들판에는 벼가 누렇게 익어간다/풀벌레 짤막한 인사 나
누고/환하게 쏟아지는 달빛은/희끗희끗한 머리카락 쓰
다듬으며/마음 따스히 안아 주는 밤/예순이 넘은 나는/
언제쯤 저 황금 논 빛처럼 영글 수 있으려나

―〈꿈꾸는 언덕 9-달빛에 젖어 드는 뜰〉 부분

라고 하는 등 끊임없이 자아 성찰의 과정에 든다. 어느 때는 겸
허한 자세로 살기를 다짐하고(〈채송화〉), 또 어느 때는 욕심에 사
로잡혀 괴롭게 살아온 삶을 깨닫고 후회하기도 한다(〈산사에서-

욕심도 벗어 놓고〉). 그런가 하면 우뚝 서서 뱃길을 알리는 등대를 바라보면서 남에게 유익한 존재이기보다는 오히려 의지하고 이기적으로 살아온 자아를 부끄러워하거나(〈등대를 바라보며〉), 들판에 누렇게 익어가는 벼를 보고 예순을 넘어도 아직 성숙되지 못한 자아를 성찰하면서 성숙되기를 갈망하기도 한다(〈꿈꾸는 언덕 9―달빛에 젖어 드는 뜰〉). 그리고 아직 꿈과 열정이 있기에 시인은 공원 산책길에서 가로등 불빛에 춤추듯이 달려드는 나방들을 보면서 "더 이상 움츠러들지 말고/신명나게 살라는 메시지 아닐는지"라고 혼자 상상하면서 "가다가 뒤돌아보고/가다가 뒤돌아본다"(〈불나방 춤〉)고 하여 강한 의지를 보인다. 이렇게 시인은 자신부터 먼저 혁신을 꾀하기 위해 온갖 노력을 다 기울인다. 물론 이 노력은 개인의 영달을 위한 이기적인 행위가 아니라 '등대'처럼 남을 배려하기 위해 먼저 자신부터 성숙된 존재로 거듭나려는 것이다. 제 혼자 살기도 버거워 어쩔 수 없이 냉정하고 비정한 족속으로 전락하기 일쑤인 현대 사회에서 이타적인 삶을 살기란 무척 힘들기 때문에 우리는 헌신적인 삶을 지향하는 사람에 대한 관심이 뜨거워질 수밖에 없다. 그런 따뜻한 사람과 이웃이 그토록 그리워지는 세상이라는 것이다.

3. 핏줄, 따뜻함과 영원함의 원형

세상이 하도 무서워 요즘에는 가족 사이에도 원수처럼 지내거

125

나 심지어 상상만 해도 끔찍한 존속 살인 소식마저 심심찮게 들리지만, 그래도 아직은 핏줄로 이어진 가족의 끈끈한 정은 그 어떤 인간관계보다 뜨겁다. 아무리 못난 사람도 웬만해서는 부모 형제 앞에서는 온순해지기 마련이다. 더구나 종교적 이념과 상관없이 오랫동안 가정 윤리를 윤리 도덕의 근본이자 출발점이라 여기는 유교 문화가 몸에 밴 우리 사회에서 가족에 대한 애틋한 정은 남다르지 않을 수 없다. 어쩌면 이제는 따뜻한 인간관계가 실현되는 최후의 보루라고 해도 지나치지 않을 것이다.

김현기 시에 종종 드러나는 가족들—가족·부모님·손자 손녀들·딸·남동생(친정 동생)·핏줄 등으로 표현된 가족의 일원들은 근본적으로는 천륜으로 맺어진 관계이다. 가족의 울타리를 넘어 시적·사회적인 차원으로 확장하면, 앞서 보았던 존재론적·현실적 위기의식이 따뜻한 인간에 대한 그리움을 불러일으킨 시적 정서에 이어지는 것으로서 가족은 바로 그 위기의식으로부터 자유로워질 수 있는 가장 확실한 대상이 되기도 한다. 그래서 김현기 시에 표현된 가족에 대한 인식을 유형화하면 3가지 정도로 대별할 수 있다. ①천륜의식, ②사회(현실 인식)와의 대조, ③존재론적 인식 등인데, 이 세 유형의 인식을 보여주는 시를 차례대로 살피면 이렇다.

내 안에 사는 꽃들
하나하나 만나는 즐거운 순간

아플 때는 위로의 꽃으로

기쁠 때는 축하의 꽃으로

마음 다쳤을 때는 치유의 꽃으로

정민

영준

영은아

이 순간도 꿈꾸듯

행복으로 토핑한 꽃에 물든다

주고 또 주어도 아름다운

받고 또 받아도 넘치지 않는

그것이 사랑이니까.

　　　　　　　　—〈꿈꾸는 언덕 11-향기로운 꽃〉 전문

　이 시는 가족 사이에 나누는 사랑의 본질, 특히 조손 간의 사랑이 어떤 것인가 실감나게 한다. 시에서 "내 안에 사는 꽃들"로 지칭되는 이름들—'정민·영준·영은'은 시인의 손자 손녀들로 짐작된다. 자식보다 손자 손녀가 훨씬 더 귀엽고 사랑스럽다고 하듯이 시인에게 그들은 만능의 능력을 지닌 존재이다. 늘 자신의 마음속에 살면서 즐거움을 주는 것은 기본이고 아플 때든 기쁠 때든 어느 한순간도 떠나지 않고 그에 상응하는 의미로 다가와 행복감을 안겨 준다. "주고 또 주어도 아름다운/받고 또 받아도 넘치지 않는/그것이 사랑이니까" 그렇다. 여기서 우리는 내리사랑의 한 전형을 만난다. 그것은 ①'주고 또 주어도 아름다운'과 ②'받고 또 받아도 넘치지 않는'이라고 표현된 두 구절의 다소 어긋난 연결 속에 함축되어 있다. 일상적인 차원에서 보면 ①은 수긍할 수 있으나 ②는 지나친 욕망을 가진 것이 아닐까 의아해할 수 있다. 받고 또 받아도 넘치지 않는다니, 얼마나 더 많이 받고 싶어 욕심을 부리느냐고 반문할 여지가 있으니까. 그런데 주고받은 것이 사랑과 행복이라면 달라진다. 행복한 느낌이야 클수록 좋은 것이니까 넘칠 수가 없다. 넘치지 않으니 사랑을 더 낳이 주고 더 행복해지고 싶어진다. 그리하여 손자 손녀에게는 오직 끝없는 사랑만 퍼부을 수 있게 된다. 이러한 조손 간의 내리사랑을 사회로 확장하면 의미가 사뭇 달라진다. 특히 주고받는 것이 공정하고 분명해야 하는 서구식 자본주의에 물들어 개인주의와 이기주의가 횡행하는 사회에서는 거의 불가능하다. 그래서 가족 사이에 오가는 사랑이 사회로 번지면 얼마나 좋을까 간절해지는데, 시인이 느끼는 실상은 어떨까?

카톡 카톡
한마디 말도 나눌 틈 없이
밀려드는 문자들
다채로움이 영 싫지 않으나
냉랭한 일상

목소리에 담은 덕담 한마디가

아쉬운 한가위

카톡으로 받는 인사는

메마른 가랑잎

친정 동생의

전화기로 들려오는 따뜻한 목소리

세상에 이보다 좋은 약이 어디 있으랴.

—〈덕담이 아쉬운〉 전문

이 시에서 '카톡'은 다채로운 소식을 접할 수 있는 문명의 이기利器에 의한 소통 방식인 반면에 따뜻한 인간 냄새를 지워 버리는 비정한 기계적인 전달 체계라는 모순을 지닌다. 그래서 "다채로움이 영 싫지 않으나" "덕담 한마디" 없는 것이 아쉽다고 표현한다. 이를테면 시인에게 그것은 양가치의 의미를 갖는다. 그리고 이보다 더 중요한 것은 카톡으로 전해오는 타인의 문자와 전화기로 들려오는 친정 동생의 목소리를 대조하여 핏줄의 소중함을 일깨우는 것이다. '냉랭한 일상, 메마른 가랑잎'으로 표현된 사회의식과 '따뜻한, 더 좋은 약'이 없는 가족 간의 정을 대비했듯이 사회를 차갑게 느낄수록 핏줄은 더 따뜻하고 소중하게 다가온다. 이를 통해 시인은 직접 대면하지 않고 기계의 기능에만 의존하여 사무적·상업적으로 보내는 문자의 속성, 또는 전통적인 인간관계

가 희박해지는 현대 사회의 한 측면을 비판한다. 그러니까 표면
적으로는 친정 동생의 따뜻한 목소리를 통해 가족애를 강조하지
만, 실상은 '덕담 한마디' 없이 문자를 보내는 싸늘한 사회 인심을
아쉬워한다. 기계문명의 역기능에 의해 부수되는 비정한 사회 현
상은 과학이 발달할수록 심화될 것이 분명하므로 미래에도 기대
를 걸 수 없어 더욱 답답하고 안타까워진다. 그러니까 핏줄의 소
중함이 더욱 절절하게 다가온다.

이 세상
육신은 죽어서 헤어져도
영원히 헤어지지 않는 것이 핏줄이다.
　　　　　　　　　　　　　　　―〈남동생을 생각하며〉 부분

세월도 나이도 타지 않는
뜨거운 핏줄, 세상 뜬 뒤에도
생각나면 찾아와 또 만나리.
　　　　　　　　　　　　　　　―〈꿈꾸는 언덕 1〉 부분

　두 작품에서는 핏줄에 유한한 존재를 넘어서는 영원성을 부
여하는 인식이 드러난다. 영원히 살고 싶은 것은 인간의 영원한
꿈이지만, 육체라는 물리적 현상은 지금까지 어느 누구에게도

단 한 번의 기적도 허용하지 않았고 앞으로도 그럴 가능성은 전혀 없을 것이다. 세상에 이보다 더 공평하고 위안을 주는 것이 없지만 그래도 욕망의 스위치를 끄지 못하는 인간들은 늘 영원한 삶을 꿈꾸면서 가능한 수단을 다 동원한다. "육신은 죽어서 헤어져도/영원히 헤어지지 않는 것이 핏줄"이라는 표현에 그런 인간의 실체가 적나라하게 드러난다. 죽어도 죽지 않고 없어도 없어지지 않는—부재하는 존재라는 역설적 인식이 핏줄을 통해 뜨겁게 흐른다. "세월도 나이도 타지 않는/뜨거운 핏줄"이라고 했으니 시인은 핏줄에 시간과 육체적 차원을 초월하는 절대성[7]과 영혼 불멸성을 불어넣기도 한다.

　어쩌면 인간들이 주검을 완전히 소멸시키지 않으려고 무덤이라는 새로운 처소로 옮기는 행위도 부재하는 존재를 인정하는 것이라 할 수 있다. "세상 뜬 뒤에도/생각나면 찾아와 또 만나리."라는 표현이 그 점을 보여준다. 자식을 낳아 대를 이어가는 생식본능이 개체의 유한성을 종족의 영원성으로 대체하는 구실을 한다면, 거꾸로 인간들이 주검을 무덤이라는 실체를 만들어 모시거나 제사를 통해 부재하는 무형의 존재를 기억하고 기리는 행위도 영원히 사는 존재에 대한 욕망과 관련이 있을 것이다. 한 가족이라는 테두리를 구분하는 실체로서의 '핏줄'은 이와 같은 유형과 무형, 또는 너와 나를 아우르는 연대와 연속 및 영원 등의 의미를 함유한다. 이러한 '핏줄'로 시인의 마음이 자꾸

---

7) 핏줄의 실체를 집약한 우리나라 '족보族譜'에도 이 의미가 내포되어 있다.

굽어드는 것은 그만큼 헤어짐에 대한 서러움과 그리움이 짙다는 것이며, 또한 가족처럼 화목하고 따뜻한 정으로 맺어진 사회(가족 안팎이 하나로 어우러질수록 아름다움)가 되기를 바라는 꿈이 절실함을 나타낸다.

4. 담백함의 미덕, 투명한 유리창과 불투명한 유리창 사이

현대 도시의 한 단점을 전통적인 텃밭의 장점으로 중화하는 의미를 띤 '도시 텃밭'은 현대인들에게 숨통을 틔워주는 상징적 공간으로 다가온다. 숨이 막히도록 답답해도 목구멍이 포도청인지라 머묾과 달아남 사이에서, 몸은 머물고 마음은 떠 있는 채 어정쩡한 자세를 취하는 도시인들에게 도시 텃밭은 비록 손바닥만 할지라도 일종의 대안 공간으로서, 존재론적으로 진퇴양난의 난맥상을 희석할 수 있는 경계점 구실을 한다. 김현기 시를 읽으면서 나는 이런 도시 텃밭의 의미와 의의를 감지하였다.

첨단 문명이 우리 삶을 표변케 하는 현대, 모든 것이 이리저리 뒤엉키어 한없이 번거롭고 고달픈 일상을 하루하루 연명하듯이 살아가는 사람들이 부지기수인 서글픈 시대, 지나친 탐욕과 물질적 풍요가 순정한 정신을 압도하는 병든 자본주의가 온 세상을 검게 물들이는 판국인데, 절제節制 미학의 대표적인 양식이라 할 수 있는 시를 짓는 시인들마저 할 소리 안 할 소리 가리지 않고 언어를 장마철 소나기처럼 쏟아붓고 낭비하여 서정성에서 너무 멀어지는 것들이 늘어나 사회적 소통과 설득력을 자꾸만 악화시키고 있으니 현대시의 위기는 점점 더 심각해질 수밖에 없다. 그만큼 우리는 산문적인 시대, 위기의 시대를 살고 있는 셈이다.

예술은 일상성이 끝나는 지점에서 시작한다는 말이 있다. 예술화된 요소가 너무 희박하여 일상성에 머물러 있는 것은 예술이 되기 어렵다는 것이다. 이를테면 작품이 투명한 유리창 안에 든 것처럼 무엇인지 훤히 다 들여다보여 독자의 상상력을 자극할 여지가 전혀 없으면 그것은 일상성에 지나지 않는다는 뜻이다. 반대로 일상성에서 너무 지나치게 멀리 달아나고 동떨어져서 독자의 마음에 피와 살이 되는 감동을 주지 못하는 것은 더 심각한 문제가 있다. 그것은 예술이기보다는 야바위 같은 '속임수'(사사끼 겐이치, 이기우 역, 《예술작품의 철학》)에 지나지 않기 때문이다. 마치 불투명한 유리창 안에 전시된 것처럼 일반 독자들이 전혀 감을 잡지 못할 예술 작품이 얼마나 큰 의미가 있을까. 무의미시를 주창한 김춘수 시인의 말마따나 예술화 과정에는 어느 정도 '트릭'(trick: 奇術, 策略, 속임수, 장난, 환각 등)이 필요하지만, 독자에게 소통되지 않으면 다만 흰 것은 종이이고 검은 것은 글자일 뿐이다. 취향의 차이를 인정하더라도 어느 정도 시다운 맛이 우러나와야 어쩌다 우연히 만나더라도 애써 읽은 보람을 얻지 않겠는가.

지지리 꼬인 세상에서 비비 뒤틀려 도무지 감동의 실마리를 찾을 수 없는 시들이 양산되는 시단의 일면을 상기하면 때로는 담백한 작품이 독자들의 구미를 당길 수 있다. (차원은 사뭇 다르겠지만) 미술 대가인 운보雲甫가 그린 '바보산수화'나 서예에서 어린이처럼 삐뚤삐뚤 쓴 '동자체童子體'가 높은 경지의 예술성으로 인정되듯이 시 쓰기의 기술자가 아닌 말 그대로 '시인'으로서 존재와 삶의 내밀한 진실에 다가가려는 정서의 한 단면을 노래한 서정적인 시편들이 시의 맛을 북돋울 수 있다. 그런 시들은 일상적 차원(투명한 유리창)을 넘어서되 너무 지나쳐서 속임수(불투명한 유리창)로 전락하지 않아 그 경계점 언저리에 위치하는 형태이어서 겉으로 보면 얼핏 담백하게 보일 수 있으나 자세히 읽고 곰곰이 따져 읊으면 '아하, 그렇구나!'라고 시적 쾌감을 맛볼 수 있기 때문이다.[8]

김현기 시를 통해서, 텃밭의 전통에 닿아 있는 단출하고 담백한 서정적인 작품[9]에서 그런 맛을 적잖이 느낄 수 있다. "풀과 바람과 햇살이/시가 되고 산문(예술로서 운문에 대응되는: 인용자)이 되는"(〈텃밭에 앉아〉) 것처럼 자연이 예술이고 예술이 곧 자연이라는 이 경지가 최고라는 말을 비웃기나 하듯이 지나치게 조작한 말장난 같은 기교 아닌 기교를 남발한 것, 요즘 말로 한바탕 아무 말 잔치나 벌인 것과 같은 것들은 독자의 마음에 상처를 줄지언정 온기가 퍼지게 하기는 어렵다. 그래서 봄볕처럼 따뜻한 마음이 나에서 가족으로, 가족에서 다시 이웃으로 퍼져 온 세상이 따뜻하게 바뀌기를 꿈꾸는 김현기 시인의 정성을 감지한 독자는 그의 시에서 차갑게 얼어 터진(겨울 같은 죽음의) 세상을 녹이는 소중한 온기(살림의 기운)를 체감할 것이다. 나는 그 미덕을 기리면서, 시인이 더욱 정진하여 시적 묘미나 쾌감 측면에 더 고심하면 독자에게 더 큰 감동을 주리라 믿는다.

---

8) 한 예로, 아주 담백하게 이루어진 나태주 시인의 〈풀꽃〉을 들 수 있다. 이 시가 사람들에게 큰 인기를 끄는 까닭은 아마도 그 이면에 사회적인 온갖 난맥상(예를 들면 주로 자본주의의 역기능적인 것에 관련된 것들: 물질적이고 외형적이며 비싸고 크고 화려한 것을 선호하는 현상, 허영과 과시, 이기주의와 비정非情함, 교환가치 등등이 뒤얽혀 복잡다단하고 번거로운 세상사에 기인하는 것)에 대한 염증을 느끼고, 또 단 한 줄도 읽을 맛이 나지 않는 소통의 난맥상을 보이는 난해하고 괴팍하거나 장황한 산문 같은 시 아닌 시들에 입맛을 잃은 독자들의 반가움이 자리를 잡고 있지 않을까 짐작된다. 혹시 아직 만나지 못해 잘 모르는 독자를 위해 〈풀꽃〉 전문을 인용하면 이렇다. "자세히 보아야/예쁘다//오래 보아야/사랑스럽다//너도 그렇다"

9) 짧고 단출함·고백적 성향·자아 성찰 등은 서정시의 주요 특성이다.

겨울나무가 시에게

ⓒ 김현기, 2018

초판 1쇄 인쇄 2018년 4월 2일
초판 1쇄 발행 2018년 4월 16일

지은이 | 김현기
발행인 | 강봉자·김은경

펴낸곳 | (주)문학수첩
주 소 | 경기도 파주시 회동길 192(문발동 513-10) 출판문화단지
전 화 | 031-955-4445(대표번호), 4500(편집부)
팩 스 | 031-955-4455
등 록 | 1991년 11월 27일 제16-482호

홈페이지 | www.moonhak.co.kr
블로그 | blog.naver.com/moonhak91
이메일 | moonhak@moonhak.co.kr

ISBN 978-89-8392-694-4 03810

「이 도서의 국립중앙도서관 출판예정도서목록(CIP)은 서지정보유통지원시스템
홈페이지(http://seoji.nl.go.kr)와 국가자료공동목록시스템(http://www.nl.go.kr/
kolisnet)에서 이용하실 수 있습니다.(CIP제어번호: CIP2018008341)」

문학수첩
시인선